Mr Crwcodeil

D1103446

ACC. No: 02598683

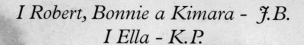

I Robert, Bonnie a Kimara - J.B.
I Ella - K.P.

Cyhoeddwyd 2006 gan Wasg y Dref Wen,
28 Ffordd yr Eglwys, Yr Eglwys Newydd,
Caerdydd CF14 2EA, ffôn 029 20617860.
Cyhoeddwyd gyntaf yn y Deyrnas Unedig yn 2003
gan Egmont Children's Books Limited,
239 Kensington High Street, Llundain W8 6SA
dan y teitl *Mr Crookodile*

Testun © John Bush 2003
Lluniau © Korky Paul 2003
Y mae'r awdur a'r arlunydd wedi datgan eu hawl foesol.
Y fersiwn Gymraeg © 2006 Dref Wen Cyf.

Mae'r cyhoeddwyr yn cydnabod cefnogaeth ariannol Cyngor Llyfrau Cymru.
Argraffwyd a rhwymwyd yn yr Eidal.
Gwerthir y llyfr hwn ar yr amod na chaiff, trwy fasnach nac fel arall, ei fenthyg,
ei ailwerthu neu ei gylchredeg mewn unrhyw fodd nac ar unrhyw ffurf
ac eithrio'r dilywr a'r rhwymiad a gyhoeddwyd heb hawl blaenorol y cyhoeddwyr,
a heb sicrhau fod yr un amodau'n parhau i fodoli ar y prynwr dilynol.

John Bush
Mr Crwcodeil
Korky Paul

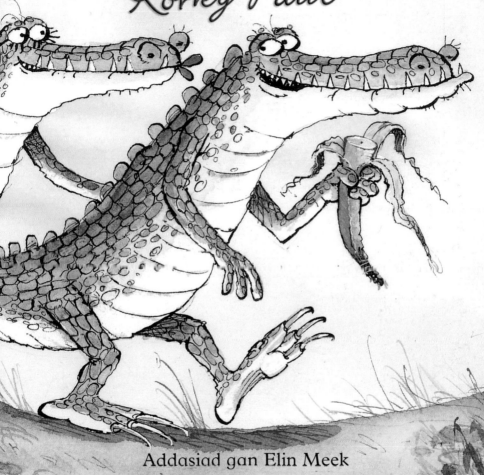

Addasiad gan Elin Meek

Bananas Glas

Roedd hi'n wyth o'r gloch y nos. Yng
nghartref y Crocodeilod yng nglan yr
afon, roedd swper ar ben a'r plant yn y
gwely'n cysgu'n braf.

Eisteddodd Mr Crocodeil yn ei hoff gadair esmwyth i wylio'r teledu. Ond galwodd Mrs Crocodeil o'r gegin, 'Gad i ni olchi'r llestri, cariad.'

Does dim llonydd i'w gael!

Roedd Mr Crocodeil yn gwybod bod

Mrs Crocodeil eisiau dweud y drefn

wrtho.

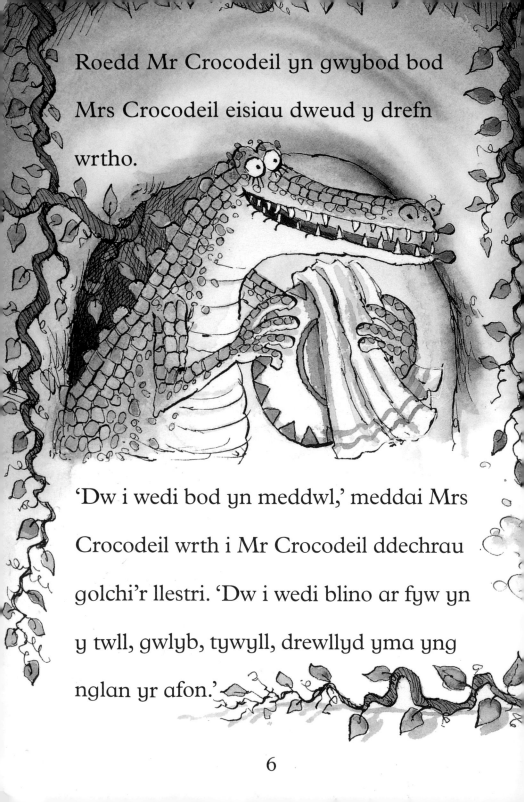

'Dw i wedi bod yn meddwl,' meddai Mrs

Crocodeil wrth i Mr Crocodeil ddechrau

golchi'r llestri. 'Dw i wedi blino ar fyw yn

y twll, gwlyb, tywyll, drewllyd yma yng

nglan yr afon.'

'Ond fel hyn mae crocodeilod yn byw, cariad!' meddai Mr Crocodeil. 'Ro'n i'n meddwl ein bod ni'n hapus!'

Dw i'n berffaith hapus!

'Wel, dw i ddim. Rwyt ti'n gwneud dim byd ond arnofio ar dy fol drwy'r dydd i edrych fel boncyff er mwyn dal anifeiliaid bach diniwed.'

8

'Ond dyna beth mae pob crocodeil yn ei wneud, cariad!' meddai Mr Crocodeil. 'Nid llysieuwyr ydyn ni!' 'Rhaid dy fod ti'n gallu gwneud rhywbeth mwy defnyddiol,' meddai Mrs Crocodeil wedyn.

'Taset ti'n troi'n llysieuwr, byddai gen ti amser i gael swydd go iawn. Wedyn byddai ein bywyd ni'n well a'r plant yn gallu cael addysg dda.'

Dyma Mr Crocodeil yn gollwng y bowlen roedd e'n ei golchi. Roedd e'n casáu meddwl am droi'n llysieuwr a gorfod gweithio.

'Gwell i fi orffen cyn i ti dorri rhagor o lestri,' meddai Mrs Crocodeil, gan ei wthio o'r gegin.

'Os na fyddi di'n gallu meddwl am rywbeth, fe gaf *i* swydd ac fe gei *di* wneud y gwaith tŷ,' galwodd hi ar ei ôl.

'Fyddwn i ddim eisiau i hynny ddigwydd, cariad,' atebodd Mr Crocodeil mewn dychryn. 'Paid â phoeni. Fe gaf i swydd.'

Aeth Mr Crocodeil i'r ystafell wely i
feddwl. Roedd hi bob amser yn haws
iddo feddwl wrth orwedd ar ei wely.

14

'Os oes rhaid i mi weithio, gwell i mi
feddwl am rywbeth sy'n talu'n dda,'
meddyliodd yn uchel. 'Pwy sy'n
gwneud llwyth o arian y dyddiau
hyn?'

A dyma fe'n cael syniad. 'Dw i'n gwybod!' gwaeddodd. 'Mae pêl-droedwyr yn graig o arian. Ie, dyna ni. Mr Cicodeil! Cicio pêl a gwneud elw!'

16

'Mae ewinedd dy draed di fel drain,'

meddai Mrs Crocodeil, gan ddod â

chwpan o siocled poeth iddo. 'Maen

nhw'n rhy finiog – fe fydd pob pêl yn

fflat mewn dim o dro.'

'Hmmm, feddyliais i ddim am hynny,'

meddai Mr Crocodeil o dan ei wynt.

'Wel, pwy arall sy'n gwneud llwyth o

arian? Dw i'n gwybod!' bloeddiodd.

'Mae sêr pop yn anhygoel o
gyfoethog. Ie'n wir, Mr Rocodeil!
Hwyl, gitâr, llwyth o arian! Bydd y
byd i gyd yn rocio rownd y
croc yma!'

Ie, cariad!

'Na, cariad,' meddai Mrs Crocodeil.

'Pan fyddi di'n dechrau canu yn y

bath, mae'r plant yn dechrau llefain!'

'Hmmm, feddyliais i ddim am hynny

chwaith,' ochneidiodd e.

'Wel, beth am Mr Cwcodeil?'
gwaeddodd, wrth iddo gael syniad
gwych arall. 'Ie'n wir! Beth am agor tŷ
bwyta o'r enw Mr Croc a rhofio'r
arian i mewn?'

'Syniad gwych,' meddai ei wraig yn gyffrous. 'Ond rwyt ti'n llosgi popeth, felly fe wnaf i goginio ac fe gei di olchi'r llestri.'

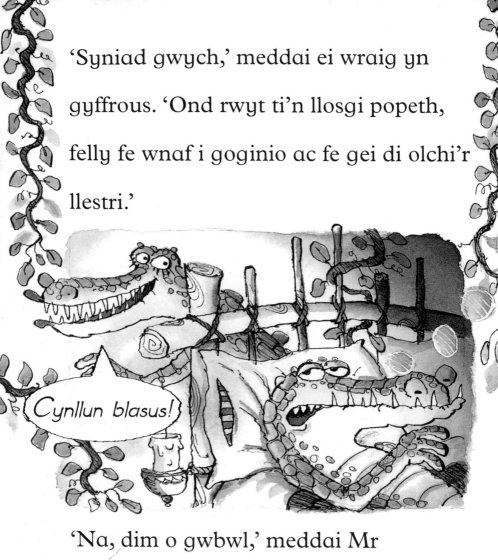

Cynllun blasus!

'Na, dim o gwbwl,' meddai Mr Crocodeil o dan ei wynt, wrth i'w wraig fynd i nôl ei llyfrau coginio.

Ac yna dyma fe'n cael y syniad gorau

un. 'Nid Mr Cwcodeil!

Mr Crwcodeil

'Dw i'n mynd i ladrata Fanc y Babŵns yfory a chymryd yr arian i gyd. Dw i'n fawr. Dwi'n codi ofn. Gwaith delfrydol i fi. Ie'n wir. Llond côl o arian cŵl!

'Ond gan bwyll. Mae hefyd yn hawdd fy adnabod. Gwell i mi ddechrau meddwl am wisg i guddio pwy ydw i.

'Rhowch yr arian i fi neu fe rwyga i'ch pennau chi i ffwrdd!' rhuodd, gan ymarfer yn uchel.

'Pardwn, cariad?' meddai Mrs Crocodeil, wedi dod â'i llyfrau coginio.

'Dim byd, cariad,' atebodd e'n ddiniwed. 'Dim ond ymarfer. Dw i wedi penderfynu mynd am gyfweliad yn y banc yfory. Efallai nad yw agor tŷ bwyta'n syniad da wedi'r cyfan.

'Fe fyddai'n ormod o waith i ti. Gad i ni feddwl dros y peth a gweld beth ddaw yfory. Nos da,' sibrydodd e wrth ddiffodd y gannwyll.

Y bore canlynol, yn syth ar ôl i'w
wraig adael y tŷ i fynd â'r plant i'r
ysgol, dechreuodd Mr Crocodeil
wisgo'i guddwisg.

Fyddan nhw byth yn fy 'nabod i!

Gwisgodd ei gôt fawr hiraf.

Clymodd racedi tennis ei blant am ei draed i guddio'r olion traed.

Gwisgodd het fawr am ei ben.

Yn olaf, cymerodd sbectol ffug ei fab,

gyda thrwyn a mwstás ffug, a'u gludio

ar ei wyneb â chwyr cannwyll.

'Fyddai neb byth yn dyfalu bod y lleidr gorau erioed fan hyn!' chwarddodd wrth edmygu'i hunan yn y drych.

Dyna leidr pert wyt ti!

'Rhowch yr arian i fi neu fe rwyga i'ch pennau chi i ffwrdd!' bloeddiodd wrth ymarfer am y tro olaf. Yna i ffwrdd ag ef i ladrata o'r banc.

Roedd e'n dechrau dychmygu ei hunan yn nofio mewn afon o arian, pan dorrodd y racedi tennis ar ei draed. 'Daro!' ochneidiodd. 'Trueni.'

'Pan fydda i'n gyfoethog, fe gaf i fy nghwrt

tennis fy hunan a phrynu'r holl racedi dw i

angen. Am y tro, gwell i mi gerdded ar fy

sodlau i guddio olion fy nhraed.'

Dechreuodd hercian yn lletchwith yn ei flaen. Yn sydyn, chwipiodd y gwynt ei het i ffwrdd a'i chwythu i ben coeden, ymhell o afael Mr Crocodeil.

'Do'n i ddim wir yn hoffi'r hen het ddrewllyd yna beth bynnag,' mwmialodd. 'Pan fydda i'n graig o arian, fe bryna i het bob dydd o'r flwyddyn. O leiaf mae'r sbectol, y trwyn a'r mwstás ffug gen i o hyd.

Xr hen het!

Ond cyn hir, toddodd yr haul y cwyr
oedd yn eu dal a dyma nhw'n cwympo
i'r llawr.

'Dyw lleidr da byth yn rhoi'r ffidl yn y
to,' meddai. Tynnodd y got fawr dros
ei ben i guddio'i hun.

Herciodd Mr Crocodeil yn ei flaen yn benderfynol. O'r diwedd, wrth edrych drwy dwll botwm ei gôt, gallai weld Banc y Babŵns.

Ond wrth iddo agosáu, cydiodd llwyn mawr o ddrain yn ei got a'i rhwygo oddi amdano.

'Mr Crocodeil!' gwaeddodd pawb oedd yn mynd heibio. 'Beth yn y byd ydych chi'n ei wneud allan o'r dŵr?'

Ym...

38

Doedd Mr Crocodeil ddim yn gorwedd, felly allai e ddim meddwl am ateb da, cyflym. 'Dw i … y … Dw i … ym … Dw i … mmm … Dw i ddim yn siŵr,' meddai'n drwsgl.

Yr eiliad honno dyma sŵn ofnadwy'n
dod o gyfeiriad y banc. Rhuthrodd Criw'r
Hienas Hyll allan, yn cario bagiau'n
llawn arian.

'Maen nhw'n dwyn fy arian i!' meddai
Mr Crocodeil yn wyllt.

'Na, chewch chi ddim!' rhuodd wrth i'r

criw redeg heibio.

Curodd ei gynffon dair gwaith ac roedden nhw i gyd ar lawr.

Dim pellach, hienas!

Neidiodd Mr Crocodeil ar eu pennau

a chodi'r bagiau o arian.

Ond, cyn i Mr Crocodeil allu dianc, cafodd ei amgylchynu gan griw o anifeiliaid yn curo'u dwylo.

Yr eiliad nesaf, roedd Rheolwr y Banc

yn ei guro ar ei gefn.

'Diolch i chi!'

'Mr Crocodeil,' meddai, 'chi yw'r

union ddyn dw i ei angen. Fe gewch

chi swydd yn y banc fel Pennaeth

Diogelwch. Derbyniwch y swydd, da

chi.'

Derbyniodd Mr Crocodeil y swydd.

Roedd e wrth ei fodd bod ganddo

swydd onest i ennill arian da.

Symudodd y teulu i gartref newydd
cyfforddus ger Banc y Babŵns. A
diolch i Mr Crocodeil ni ddaeth neb
byth eto i geisio lladrata o'r banc.

Trodd y teulu'n llysieuwyr hefyd, er
nad oedd Mr Crocodeil yn hapus.

Ac wedi'r diwrnod hwnnw, yr unig beth cyfrwys roedd Mr Crocodeil yn ei wneud oedd sleifio i siop y pobydd i brynu pysgodyn teigr blasus a phastai mwydod.

Ond wrth gwrs, dim ond pan nad oedd Mrs Crocodeil yn ei wylio.